달빛 출력

달빛 출력

—

초판 1쇄   2014년 8월 25일
지은이   신필영
펴낸이   김영재
펴낸곳   책만드는집

—

주소   서울 마포구 양화로3길 99 4층 (121-887)
전화   3142-1585·6
팩스   336-8908
전자우편   chaekjip@naver.com
출판등록   1994년 1월 13일 제10-927호
ⓒ 신필영, 2014

—

* 이 책은 2013년도 한국문화예술위원회의 창작지원금을 받아 발간되었습니다.

—

ISBN   978-89-7944-491-9 (04810)
ISBN   978-89-7944-354-7 (세트)

책 만 드 는 집

시인선 056

달빛 출력

신필영 시집

책만드는집

서 말 구슬 꿸 생각이야 하겠습니까만 둥두렷한 오지 항아리 하나쯤 빚고 싶은 마음으로 감히 네 번째 작품집을 엮습니다.

횟수가 더해질수록, 멋모르고 뭣도 모르고 옻진아비 달려들듯 억지를 부린 건 아닌지 돌아보게 됩니다.

시조와 거기 담긴 대상들, 그리고 무엇보다 우리말 앞에 소홀하거나 무례한 구석은 없었는지 걱정스럽기도 합니다.

뿌리고 가꾼 만큼 거두는 일이 농사만은 아닐 터이니 양껏 생각하고 양껏 써 그만큼만 갖도록 하겠습니다. 넘칠 수도 없겠지만 모자라지도 않기를 바랍니다.

—2014년 초가을

신필영

| 차례 |

에스프레소 혹은, 라면

2부 그 섬과 그리고

3부

바람 집에 오르다

4부　끈이 풀린 나이

1부
에스프레소 혹은, 라면

펜

말하자면
천만의 말씀,
물고 있는 누에 입술

질긴 목청
깁을 풀어
견고하게 집 짓는다

눈밭에
새로 길 내듯
백지 위를 걸어간다

詩,집

언젠가 와본 듯한 길
들어앉아 있습니다

더러 머뭇거렸을 발자국도 묻어 있는

낙엽색 포장지에 싸여
날아온 그의 시집

명조체 주춧돌이
견고하게 놓인 그 집

마음 한발 앞서 들며 한참을 바라보다

정수리 고감도 안테나
주파수를 맞춥니다

환승

쏟아지는 재채기에
마당을 쓸다 말고

척추 몇 마디를
단추처럼 풀었다

코끝을 자못 낮춰서
흙내 한참 맡아보며

혀 짧은 스타카토
참새 떼가 반가운 날

발자국 환한 볕살
큰형님 다녀가시고

앞산도 갈아탄 봄빛,
경적이듯 바람 분다

하모니카

차라리
속 시원히
외치기나 할 일이지

점자 더듬어 가듯
칸칸 숨긴 생각

내 안의
소리굽쇠가
나직하게 울고 있다

풍력발전기

대관령 넘나드는 바람실을 감으면서
깃 펼쳐 꿈을 잣는 해바라기 물레 몇 채
세상을 쓰다듬는다 저리도 따스한 손

은하 쪽 길손들의 오가는 말 새기느라
먼 하늘 쥐락펴락 안과 밖 결계結界 없이
별자리 그 어디쯤에 귀를 세운 솟대인가

앞서 가는 이가 언덕 위에 서는 뜻은
고뇌를 즐겨 하는 직립인의 다른 모습
구름 길 부시를 긋나 노을 잠시 번쩍인다

달빛 출력

삼억 오천만 리 바깥
태양 빛을 인주 삼아

민들레
꽃도장 찍힌
보고서가 올라오자

초저녁
어린 별들도
어둠 검색 시작한다

누렁이 춘분

잘해봐야 말가웃지기, 버선 짝 하나만 한
주름 파인 산밭 자락 명의처럼 맥 짚는다
쟁기 날 깊숙이 찔러 마른 햇살 주사하며

지난 돌림병에 어미는 세상 뜨고
그 어미 혼령처럼 긴 울음만 되돌아와
멍에가 헐거운 어깨 메아리로 무동 탄다

물려받은 것이라고 진드기가 등에 붙어
부푼 흙 뒤집어가며 제 발자국 묻는 날은
밭두렁 내려선 봄볕 콧등에나 얹어본다

두루미

한쪽
발바닥으로
지구를 받쳐 들고

그 무게
가늠하기
느꺼운가, 저 품새

눈꺼풀
파르르 떤다
물구나무 몸 세운 채

하늘 그물

이 저녁 놀빛으로
하늘에 그물 놓고

서로 길을 열어주는
가창오리 한 떼의 춤

허공을 접고 펴면서도
얽히는 법이 없다

백자철화끈무늬병*

담고 싶은 것이
어찌 술뿐이었으랴

타오르는 불꽃으로 산 하나쯤 솟는 생각

천년을
동여매리라
무명 끈 달아놓고

세상일 눈 못 뜨는
청맹과니 후생 앞에

들병이 눈웃음 같은 달빛 슬쩍 건네주며

등짝을
후려치고 선
저 늠늠한 뒤태라니

* 대한민국 보물 제1060호.

소

가끔, 소는 목을 돌려
제 꼬리에 입 맞춘다

꼬리 또한 마침맞게
입을 슬쩍 쓸어준다

너 있어
내가 산다며
서로에게 경배하듯

소금 어머니

간이역 몇 정거장
완행열차 같은 봄날

꽃 피듯
그 꽃 지듯
제 품에 녹아들어

속 넓은 항아리 가득 장맛으로 배어 있는

밑간이 짙을수록
음식 맛은 덜하다며

참으로 짜지 않게
그러나 간간하게

말수도 웃음소리도 장 뜨듯이 맑던 당신

졸곡卒哭

이제, 너를
보내누나
설움 다 내려놓고

늦여름
등을 치며
허물 벗는 매미 울음

한 열흘
허락받은 목숨
곡진하게 울었으니

에스프레소 혹은, 라면

왁자지껄 끓고 있는 난로 위 주전자 물
당신은 에스프레소, 그 향을 떠올리는데
왜 나는 후~ 불어 먹는 라면이 생각날까

짧기도 한 봄 한철이 아직은 창밖인데
입맛만 다시다가 우두커니 앉은 저녁
안전핀 뽑지 않아서 우린 아직 안전한가

한 치 어김없이 매사가 딱 맞기를
목숨을 걸어가며 안달할 일 뭐 있을까
제자리 놓이고 보면 비대칭도 편안한걸

세한 歲寒

이 무렵
잣나무 숲은
추사체 깊은 사색

산이
제 식솔들을
죽지 속에 재우는 사이

눈발은
겨울 금석문
탁본을 뜨고 있다

근하신년

형님, 어쩔 수 없이 또 한 해를 맞노라는

정 많은 후배 녀석 연하장 첫 구절에

저물녘
닻을 내리고 선
어부 같은 내가 뵌다

열어볼 틈도 없이 문고리를 놓치고

엇나간 내 발자국 갈피마다 치는 소금

난 자리
채워주느라
정초부터 눈 오신다

2부
그 섬과 그리고

훔친 잠

입춘 날 쏟아져서
무릎까지 눈이 쌓인

대관령 슬하에서
단잠에 들었었다

오소리
밀렵에 쫓겨
떨고 새운 지난밤을

헛집

비어 있다 못 하리 우레 같은 혼의 거처

오라에 묶인 풍문 그 언저리 기웃대며

하얼빈 총성의 날만 수습하고 말았지

황사 바람 쫓기듯이 숨 막히게 오는 봄아

호통 몇 마디가 귓바퀴를 쩡쩡 울려

형형한 표지석 하나 무릎 접고 앉아 있다

산국이 있던 자리

까맣게
잊고 지낸
약속이 있었구나

향기도
다 버리고
지쳐 돌아간다고

가을이
못내 남긴 말
두어 줄 받아쓴다

동화처럼

안동서도 한참 외진 빌뱅이*를 아시는지
그 사람이 살다 간, 묻혀서도 살고 있는
가랑잎 한 장에 덮일 지붕 낮은 집입니다

예배당 종지기로 그렇게 살았는데
겨우내 장갑 없이 종 줄을 당겼지요
언 손을 불면서 오는 어린 손님 마음으로

연필심에 침 바르며 모두 불러 앉히고
몽실 언니, 강아지 똥, 이야기 들려주며
아이들 꿈 높이만큼 쓰다듬고 품었다는

* 안동, 일직면 조탑동의 작은 언덕. 작가 권정생이 잠들어 있다.

과지초당瓜地草堂에 들다

옛 발자국 찾아간다 주암 마을 외진 위뜸
대문 반쯤 닫아놓고 추사 은거 중이시다
가을은 툇마루 끝에 조요롭게 앉아 있고

벼루만 한 마당가엔 연못인가, 작은 연적
붓끝으로 점점 찍은 구절초 하마 피어
한지에 먹물 스미듯 먼 곳으로 띄운 편지

필법도 다 버리고 홀로 지킨 남루 속에
한 시대 곧은 뼈대 강철인 양 세워놓고
등잔불 사위던 새벽 잔기침만 남아 있다

녹음필사 綠陰筆寫

발목 저려 주저앉는 긴 탄식의 팔부 능선

당귀 꽃 두레상에 사발밥 차려낸다

뻐꾸기 울음소리가 올린 수저 육십 벌

하늘엔 소지 올리듯 숨죽이며 가는 낮달

도지는 이명인가 유월 숲 또 일렁인다

먼 이름 받아 적느라 가는귀먹는 오늘

그해의 녹취록은 잡음으로 긁혀 있어

뉘 가슴 흔들어도 판독마저 힘든 나날

목젖에 매달려 우는 딸꾹질만 끊임없다

여운

지리산
흐린 날
탯줄 같은 어느 길목

아픈 발 잠시 쉬고
돌아서는 어깨 너머

뼈대로
남은 고사목
문득 듣는
신음 소리

겨울 손님

다녀간 밤의 온기 하얀 고깔 눌러쓰고

목에 끓던 소금기도 삭여낸 양 평안하다

덕장서 얼며 녹으며 피를 내린 북양 명태

업혀 온 파도 소리 흰 눈발로 울먹이는

삭풍의 바늘귀에 겨울 햇살 꿰다 보면

버려진 파지만 같은 그 사할린 이야기가

비운 속 다 터지도록 죽비 치는 손길 있어

잔술집 목로에서나 이렇게 만나느니

언 가슴 드러내 놓고 네 눈물 받아 마신다

와불

밤 깃든 지하보도 길 없는 길을 열지

그림자로 찾아드는 절망의 옷자락에

어둠이 맨발을 묻고 모로 눕는 묵언 선방禪房

운주사 천불천탑 구름의 처소였나

가다가 머문 거기 기울어진 별자리를

누워서 꾸는 꿈들이 날마다 일어서지

땅끝*

길이 끝날 즈음
다시 길이 열리자

파도를 징검돌로 부푼 돛을 올리는 곳

역풍은
늘 바깥쪽으로
나침반을 놓는다

찬별에 거듭 씻은
밤하늘 얼굴 하고

살가운 팔베개는 한없이 멀고 멀어

외등대
근심 어린 눈빛
서둘러 벗어났지

* Cabo Da Roka : 이베리아 반도의 끝, 대서양을 향한 포르투갈 지역 바위 언덕.

하늘 연못

멈춰 선 백두대간

그 머리맡 조선의 하늘

구름 깃발 흔들면서

잠겨 있다, 망연자실

한 사발 갈증을 떠놓은

오천 년의 자리끼

소한

배스킨 라빈스처럼
달콤하게 얼어 있는

눈꽃 집 그 안에서
꽃눈 잎눈 숨 쉬는 소리

봄 햇살
노란 부리를
내밀기 저어하다

괴발디딤

적묵당 창호지에
반쯤 찍힌 해 발자국

그늘도 조심조심 책 읽듯이 건너가자

동안거 끝낸 스님이
댓돌 위로 내려선다

맴놀이로 번져가는
봄 고양이 기척인가

산 너머 언 길들이 나비 떼로 돌아온다

이제야 망설임 없이
사뿐, 그 길 나서보는

오보에

혀끝에 떨리는 말
울먹울먹 삼킵니다

몸을 다 열고라도
전하고 싶은 마음

목이 쉰
바람 소리로
가을 산을 넘습니다

그 섬과 그리고

파도는 달려가다 이내 지쳐 돌아온다
눈길이나 가서 닿는 멀리 바람이던 곳
은박지 밑그림에 남은 벌거벗은 웃음소리

섬을 버려야만 그 섬이 보이듯이
길을 버리고서야 만나는 또 다른 길
올레가 품을 열어서 나를 가만 불렀다

섶섬을 띄워놓고 쓸쓸히 누운 바다
뒤껼엔 인동덩굴 엉겨 붙은 할망네가
서귀포, 귤꽃 내 훔치며 돌담으로 서 있다

일갈—喝

불 삼킨 저 제주 섬
득음 한번 제대로다

온갖 소리 아우르는
불가청의 윗소리로

지축에
말뚝을 박는
소리꾼이다,
정방폭포!

3부
바람 집에 오르다

바람 집에 오르다

삼 칸으로 족했을까 팔작지붕 저 이마는

줄일 것 모두 줄인
우물마루 열어놓고

분합문
접어 올리자
돌쩌귀 삐걱 운다

소쇄원 좁게 걸린 다리 건너 한나절

대숲을 막 빠져나온
바람 소리 독대하다

초록에
심지를 물린
석류꽃 마침 붉어

웃자란 가을

품 넓게 마름질한 아버지의 하늘 자락
천둥지기 다랑논이 귀얄문 구워낸다
햇살은 놋대접 가득 수수 조청 쏟아붓고

바람이 반 키우고 눈물이 또 익힌 것들
제자리 돌아온 날 섭섭할 일 하나 없어
생각도 웃자란 가을 굽바자를 두른다

감자 꽃 신방

머루 향 목이 마른 낮 뻐꾸기 울음 끝에

묵은셈 할 요량인가 닻을 내린 해거름을

감자 꽃 무리 지어 든다, 울력으로 밥 짓는다

산그늘 더부살이 알자리를 보아가며

흙 속에 묻은 땀내 잔 올리듯 피어난 꽃

진초록 족두리 얹어 불 밝히는 이 한때

밑거름 뭉근하게 익혀내는 또 하루는

지구 한쪽 산기슭에 새 살림 차리는 일

달빛도 밭두렁 달빛, 상직하는 밤이다

꽃길

잠자리가
하늘 한 입
물고 돌아오는 사이

마음마저 씻어 널어
햇솜처럼 말리고 싶은

가을이
화두 하나씩을
틀어쥐고 가자 한다

동네 목수 김 씨

발등이 부어 있던 한 그루 적송의 길
금 가고 옹이 박힌 손자국이 묻어나는
한 생애 유전체 지도 대팻날로 읽어간다

깎을 만큼 깎아내야 드러나는 그런 상처
나무는 깊이 안고 제 몸을 길렀구나
지나간 바람 소리도 촘촘하게 감겨 있는

대팻밥 쌓이는 만큼 사는 일 버거워도
곧게 놓는 먹줄 따라 솔향기 더욱 짙어
적공積功을 기둥 세우고 들보 하나 올려본다

돌을 읽다

중생대
한 시절이
담겨 있는 봉함 편지

물결자국
행간으로
천둥소리 지나간다

화석 속
잠자리 날개
붓방아로 오신 소식

수직 守直

여남은 섬 햇곡쯤을

부려놓은 흰 달빛과

해남 군청 앞마당

거북등 소나무는

오백 년 궁금한 이야기

두런두런 밤새운다

중앙선

구불구불 산의 속길
에워간다 준급행열차

돼기밭 밟지 않고
흐르는 물 흐르게 두고

집집이 떡돌림 하듯 발품으로 안부 놓는

봇짐만큼 헐렁한 생각
잡혔다 풀려나며

드나드는 선잠의 터널
어둑발도 눈에 익어

사투리 고향 쪽으로 기대앉는 봉놋방

워킹 맘

지하철 환승 계단 애기 업고 가시는 분
할머니가 분명하다 딸, 며느리 대역 엄마
육십을 훌쩍 넘겨서 겨우 얻은 손자라나

대책 없이 주고받는 말만 부푼 무상 보육
아이를 낳고 보니 일자리 더 아쉬워
이 땅의 일하는 엄마 함부로 부르지 마

마포

마포는 포구라서 물 문턱에 앉은 동네
신수新水, 구수舊水 그 곁으로 상수동이 흘러선지

간판을 갈매기살로
부리 맞댄 주막도 많고

상선上善은 약수若水란 말 잊고 산 지 오래지만
길은 또 길에 막혀 신호 읽기 어렵지만

세상에 다리를 놓는
월천공덕越川功德이렷다

소금쟁이

오시듯 내린 달빛
물 위에 자리 보는

그 고요 눈금 따라
내 하루를 적습니다

보는 눈 하도 밝기에 썼다가는 지웁니다

자모음 모두 젖은
우리들의 상형문자

잠 안 자는 마음 연못
자판을 짚어가며

제자리 돌아올 길을 밤마다 나섭니다

식구

별자리 기운 여름밤

이마 환히 둘러앉아

한 바가지 찐 옥수수

치열 고른 웃음소리

어둠도 대청마루 쪽

물러나 앉습니다

하산

에멜무지로 돌아보는 지레 지친 신록의 발치

묻어둔 속울음 잦아들듯 저무는가

실타래 엉키는 생각 발에 자꾸 감기는 길

대답 없이 떠다니는 헛말 몇 마디가

달팽이관 어딘가를 두드리며 달아나고

눈 떠도 들리는 환청, 잡았다가 되놓치는

봄을 탓하랴

오기는 온다는데,
귀를 세운 창밖으로

설친 잠 밀쳐내며
수군대는 바람 소리

시 쓰듯 뜨거운 이마
찬 손으로 짚고 간다

그저 뒷짐 지고
수건 돌림 하자는 건지

목에라도 두르고픈
봄 햇살 잦은 해찰

내 몸속 물관을 따라
편도선 또 붓는다

빈 배처럼

일정 없이 묶여 있는 빈 배처럼 걸린 달력
기껏해야 자투리뿐 무늬도 광채도 없는
파지로 던져진 시간, 어제를 찢어낸다

너나없이 널린 길도 한순간 사라지고
손바닥 감아쥔 채 마음 길이 막막하다
혼자서 돌너덜 따라 울퉁불퉁 걸었지만

주머니 속 수첩 같은 닳아진 이름 몇몇
꺼냈다가 망설이다 도로 접어 넣는 미망
물결을 지그시 밟은 빈 배로나 떠 있다

질문

귀먹었다,
갯바위는
대답 차마 못 하고

묵혀둔 빚 갚듯이
철썩, 따귀 내어주며

파도가
돌아올 때마다
못 들은 체
잠겨 든다

4부
끈이 풀린 나이

가을 후기

꽉 찬
고요 안에
사람 들일 틈이 없나

붉다 못해 꼭지 바랜 마당가 저 맨드라미

기우는 해도 반나절
전서체로 쓰고 있다

못내
떠나보낸 것
생각 또한 그쪽으로

모과나무 가지 들어 엇살창窓 새로 내며

할 말이 남아 있다고
끝물로 쓰는 후기

끈이 풀린 나이

편의점 노천 의자에서 맥주 캔을 따고 있는
오후 네 시 긴 그림자 저 홀로 흔들린다
두 눈에 말없음표를 점점이 찍어가며

사선으로 떨어지는 고층 빌딩 불빛 근처
단벌 구두 뒤축만큼 닳아버린 이력 위로
헛걸음 불러 앉히며 구인 광고 외면한다

퇴근길 주연들을 바라보는 객석인가
번개 치듯 지나가는 불청객 견비통에
밤하늘 열쇠 구멍으로 초승달이 내려온다

남루한 봄

폐광 언저리 같은 철거 예정 재개발 동네
늙은 작부 화장하듯 벚꽃 치레 어이없다
동냥젖 먹는 둥 마는 둥 울다 지친 그런 봄

호루라기 입에 문 듯 철없는 바람 분다
승패도 가리지 못한 판을 마저 엎어놓고
버려진 화투장마냥 난삽한 저 꽃잎 사태

오래고 빛바랬다고 다 귀한 건 아니라서
치우고 말 것도 없이 독거노인 물린 밥상
멀거니 쳐다만 보는, 담벼락에 매달린 봄

너

들춰봐야
빛 다 바랜
마음속 흑백사진

난청에 익숙해서
기별조차 감감한 날

그 한철
지분 내 같은
신록 다시 어지럽다

등꽃 주막

지치지 않을 만큼 기다려서 해가 드는
아파트 한갓진 쉼터 오월이 졸고 있다
등나무 구부정한 그늘 모여 앉은 노인 너덧

청사초롱 주렴인지 흐드러진 꽃 타래가
주절주절 수다 떠는 주모처럼 능청맞다
혼곤히 갈증을 나누는 보랏빛 술기운에

손끝에 저린 것들 하나둘 떠나가고
잠금장치 안 풀리어 주저앉는 세상 문밖
덜커덕 열고 들어갈 비밀번호 몰라라

몸살이겠지

내리
사나흘을
자리보전 중입니다

혼자 꿈에 들며 깨며
황홀히 뵈던 착시

더러는
가당찮은 과녁
겨누기도 했습니다

쉿!

밤하늘 깜빡이며
뜬눈으로 찾던 그것

이 새벽 눈 비비며 내 산책길 지켜 섰나

무슨 말
할 것만 같은
물달개비 새파란 입술

노루귀

여린 목 치켜들고
봄 행방 수소문하며

뉘 입김이 열었을까
저 환한 노루귀 꽃

눈 녹아 흐르는 물을
귀밝이로
마시노니

뜨내기 헛소문에
겉귀 많이 다쳤지만

촉수 내민 팔풍받이
바람 그물 걷어낸다

내 속귀 솜털을 세워

새겨듣는
그대 속말

떡잎이네

들썩,
흙덩이를 밀고 나온
밑천 두 쪽

백 년에
한 번쯤이나
뭍 구경 시늉하는

거북이
목을 빼고서
덧없다는 표정이다

하류에 닿아

겹게 끌고 온 길
등 너머가 늘 그립다

역류하던 그 여울목
멀미의 날은 가고

앙금을
가라앉히며
깊어지는 물소리

삼십 촉 풍경

유행 지난 입성처럼 헐렁한 외통 골목

손때 묻은 시간들이 쪼그려 앉아 있다

복고풍 들끓던 한때 간판으로 걸어놓고

잿빛 담장 비집고 선 구석 찻집 유리문

옛길에 지는 그늘 빗금으로 해가 든다

삼십 촉 알전등 켜고 비춰보는 그날 풍경

별일은 있다

삼 대 일 경쟁 뚫고
뽑혔다는 전화 한 통
시영市營 주말 텃밭 임자가 되었다니
첫 직장 합격 통지만큼 가슴마저 벅차네

도전까진 아니라도
기대되는 노동 한철
엉킨 생각 솎아내고 생땀 한번 뿌려볼까
다섯 평 빌린 땅에다 평생 꿈을 가꿔볼까

파도

바다가 끊임없이
밀어 올린 모래들을

백사장은
괜찮다며
또 그만큼 밀어내고

온종일
손사래 치며
실랑이를 하고 있네

입적

가을볕에 몸 내주고 새로 몸을 낳습니다

무르익은 살과 살이 물기 덜어내는 동안

청도가 맛이 드느라 함께 안거 중입니다

천둥 번개 좋이 다녀간 가을 뒤꼍입니다

짐짓, 마음 접어두고 뒤척이는 상강 무렵

향내를 안으로 삭힌 감 말랭이 거둡니다

아람 벌다

바람에도
입덧하며
그윽하게 오른 살점

적멸보궁보다 넓은
집 한 채를 지어놓고

몸 던져
드시는 열반
가시 옷을 벗는다

서정의 온축蘊蓄과 연기緣起의 시학

유종인   시인

1. 담고 싶은 것

여기 못 보던 것은 그리 안 보이던 것 같지는 않다. 그런데 가만히 보면 잘 보이고, 잘 보노라면 여실히 보게 된다. 여실하게 보는 과정에 그윽이 웅숭깊게 침잠하게 된다. 그다음은 '여기' 보았던 것이 '저기'의 깊이와 맺어짐을 알게 된다. 웅숭깊음은 저 홀로 깊음이 아니라 동화同化의 겨를이다. 폭과 깊이가 함께 어우러진다. 그것은 잘 '보아내는' 시에 있어서도 다른 의논을 가지지 않는다. 시공간을 하나로 아우르고 겪어내는 마음이 그 어떤 차꼬도 풀어 헤친다. 그것은 유순하면서도 활달한 넘나듦으로 한 대상에의 자연스러운 골몰

85

속에서 배어 나온다.

신필영의 시편들은 분별된 대상들이 갖는 연기緣起에 마음
이 갈마든다. 그가 바라는 사물은 뭔가 다른 연분緣分을 가진
존재로 능란하게 몸을 바꾸는 여지를 품고 있다. 그 몸, 한
사물이나 현상을 유의미한 상황으로 바꾸는 것은 그 대상을
지극히 바라보는 마음의 지극함에서 연유한다. 그 시적 상관
물이 몬존하지 않게 또 다른 사물의 결을 가지고 있음을 조
금씩 드러낸다. 존재의 결을 다양하게 켜내고 얼러낸다. 그
눈길엔 세상 모든 사물과 숨탄것들 사이에서 연관의 뿌리를
보는 정서가 있다. 여기엔 대상에 배어들듯 육박하는 정情과
사思와 감感이 치우치지 않는 마음의 너나들이가 완연하기
때문이다.

담고 싶은 것이
어찌 술뿐이었으랴

타오르는 불꽃으로 산 하나쯤 솟는 생각

천년을
동여매리라

무명 끈 달아놓고

세상일 눈 못 뜨는
청맹과니 후생 앞에

들병이 눈웃음 같은 달빛 슬쩍 건네주며

등짝을
후려치고 선
저 늡늡한 뒤태라니
—「백자철화끈무늬병」전문

三十輻共一, 當其無, 有車之用. 埏埴以爲器, 當其無,
有器之用.

(삼십폭공일, 당기무, 유차지용. 연식이위기, 당기무, 유기지용.)

—노자老子,『도덕경』제11장 중

노자『도덕경』에 나오는 말 중에 수레바퀴와 그릇(甁, 盒,
皿, 盂, 杯, 盞, ……)에 관한 얘기다. 그릇은 그 가운데가 비어
있음, 즉 없음當其無으로 무언가를 담을 수 있는 유용한 쓰임

새가 생긴다는 말이다. 노자의 이 말은 위의 「백자철화끈무
늬병」이라는 시의 병瓶으로 환원하면 더 오묘해진다. 시라는
그릇 자체가 범박하게 인간사를 담는 것이지만, 위 시의 골
동骨董은 단순한 활유화活喩化를 넘어서 사람이 어느 한 지경
에 도달했을 때의 심정적 현시顯示를 오롯하게 담는다. 어느
특정 인물로 의인화해 보여줬다기보다는 어느 심정, 어느 정
신적 의취意趣를 지녔을 때, 즉 그것을 품었을 때의 인간적
정서를 꾀한다. 호쾌하게 자발적으로 비움으로써 품고 채울
수 있는 역설逆說, paradox의 고아古雅함, 그 문기文氣는 어느 누
구에게나 열려 있는 정신적 상태이기 때문이다.

그것은 "들병이 눈웃음 같은 달빛 슬쩍 건네주며 // 등짝
을 / 후려치고 선" 호탕한 면모를 얼러냈을 때만이 가능한,
그러니까 그릇 속에 담긴 그릇, 마음속에 더 낙락한 사람의
면모를 담았을 때의 경우라 할 수 있다. 이 얼러냄은 노자가
말한 자연스런 비워 없앰의 효과인데, 단순히 부재不在나 결
핍缺乏만을 주목하지 않는다. 심정적 허기를 물린 뒤 담담하
게 비어 있음의 호쾌함을 아는 자의 냅뜰성에서만 가능해지
는 보편성을 담는 몸짓이다. 그 마음의 몸짓이 담긴 그릇, 그
한 정취가 "천년을 / 동여"맨 "무명 끈 달아놓"는 너른 시공
간을 한달음에 마음의 손에 쥔다. 그 수용상태는 기본적으로

88

그릇(병)의 이미지에 겹쳐 담기는 혹은 얼비치는 존재의 이미지로 의인화되며 육체성을 얻는다. 한 골동품이 인간적 심성心性을 확보하는 것도 시공간을 뛰어넘거나 그 상거相距를 벌리면서 다양한 전환의 가능성을 담보하기 때문이다. 병, 즉 그릇이라는 비움의 이미지를 통해 화자가 생각하는 존재의 인상을 호방하게 담아내는 형식을 취한다.

또 신필영 단시조의 시행詩行들은 특히나 그 적절한 행갈이나 연聯 나눔을 통해 나름의 진폭振幅을 담는 비워둠-無의 형식과 조응한다. 시행 간의 내용적 연관의 간극의 폭을 넓고 깊게 배치하는 방식은 단순히 행갈이나 연 나눔의 습관적인 배열과는 거리가 멀다.

이 진폭은 단순한 시적 스케일이나 조촐한 내용적 울림만을 상정하는 것은 아니다. 시인이 지향하는 사유나 상상의 시공간時空間을 불러오고 한 시의 자장磁場에 효과적으로 혹은 유의미하게 배치하는 행위, 즉 노자가 말한 중심축(중심부)의 의도적인 비워둠을 통해 어떤 사물이 실질적으로 기능하고 효과를 발휘하는 맥락과 상통하는 부분이 있다. 즉 시행詩行 속에 들어앉은 '당기무當其無'의 여백은, 백자철화끈무늬병이 호방하고 넙뜰성 있는 인간상人間像을 품는 데 유효한 장치로 보인다.

삼억 오천만 리 바깥
태양 빛을 인주 삼아

민들레
꽃도장 찍힌
보고서가 올라오자

초저녁
어린 별들도
어둠 검색 시작한다
―「달빛 출력」 전문

　이런 상상의 진폭은 현재의 사물이나 숨탄것들을 심원한
시공간視空間 속에 재배치함으로써 더욱 그 뉘앙스를 도드라
지게 한다. 우리가 무심히 받고 누리는 햇빛의 광대함과 또
우리가 흔히 보는 민들레의 별스러움, 또 우리가 일상으로
보는 별들의 관계를 통해서 화자는, 우주적인 시공간의 비움
當其無의 상태를 생명의 연기緣起로 돋을새김한다. 별스러울
것 없는 것들의 별스러움이 갖는 사물의 의미를 의미심장하
게 추수한다.

이러한 시인의 의도와 배려는, 현대시조의 자유로운 행갈이와 연 나눔과 일정한 관련성을 가지는데, 특히나 번다한 수首를 거느리는 작금의 연시조를 갈음할 수 있는 차원에서 신필영의 단시조나 중시조重時調―필자는 단시조 두 수 내외의 시조를 중시조라 별칭한다―는 그런 내용이나 형식 모두의 측면에서 함축含蓄과 여운餘韻이라는 시의 특징들을 살리면서 단아한 정형미의 현대시조의 본향을 회복하는 단초를 부여한다.

　　차라리
　　속 시원히
　　외치기나 할 일이지

　　점자 더듬어 가듯
　　칸칸 숨긴 생각

　　내 안의
　　소리굽쇠가
　　나직하게 울고 있다
　　―「하모니카」 전문

직설적인 외침과 "더듬어 가듯" 얼러내야 하는 소리는, 소음과 음악을 대별하는 예술, 즉 시에 대한 함의含意를 분별적으로 담고 있다. 앞서 노자 옹翁께서 말한 그릇에의 비유가, 비유이면서 실제를 아우르는 동시적 언술이라면, 시인의 하모니카는 일반적인 발화發話나 여느 소리가 어떻게 음악으로 환치될 수 있는가에 대한 나름의 깊은 사유를 응축한다. 즉 일반적인 소리가 시적 층위層位에 닿기 위해서는 "더듬어 가듯" 어떤 사물이나 풍경에 담긴 "숨긴 생각"을 읽어내는 나름의 독법讀法이 종요로움을 드러낸다. 그다음은 그 생각을 사유적 감각으로 내면화하는 단계, 즉 예술적 긴장을 품고 얼러내는 표현의 곡진함에 있을 것이다. 그것은 감성적 혹은 감상적 '울음'의 분출뿐만이 아니라 지적 인식, 직관적直觀的 사유의 언술 속에서도 돌올해진다. 신필영의 이런 직관은 특히 단시조의 본래적 정형 속에서 완연해지는데, 이는 군살이나 더께 진 표현을 헤치고 나아가 사물과 자아가 하나로 일관一觀되는 심미적審美的 몰입 속에 적확한 표현의 쾌감으로 도드라진다. 물론 이는 다른 연시조에서도 신필영의 감성적 눈썰미로 완미完美한 지경을 드러낸다.

꽉 찬

고요 안에
사람 들일 틈이 없나

붉다 못해 꼭지 바랜 마당가 저 맨드라미

기우는 해도 반나절
전서체로 쓰고 있다

못내
떠나보낸 것
생각 또한 그쪽으로

모과나무 가지 들어 엇살창窓 새로 내며

할 말이 남아 있다고
끝물로 쓰는 후기
―「가을 후기」 전문

후기後記는 그런 면에서 지난 경험에 대한 재독再讀의 경향
을 띤다. 이것은 새롭게 담아야 하는, 남모르게 혹은 남다르게

추수해야 하는 화자의 담담하면서도 특출한 눈썰미를 가져온다. 마음 그릇에 새롭게 담긴다는 것, 그것은 이제껏 담지 못했던 혹은 쉬 마음에 담기지 않았던 것을 일소하고 진정한 잔상殘像을 수습하는 행위다. "붉다 못해"서 "바랜" 맨드라미 숨탄것과 "기우는" 해의 "반나절"을 "전서체篆書體"로 담담히 써 내려간 가을날의 인상을 받는 화자의 마음엔 괜스레 오목해지고 으늑해지는 구석이 있다. 뭔가 가만히 고인다. 마음에 종이가 펼쳐지고 필묵이 눈에 띈다. 심서心書가 쓰이는 바다. 그 여지는 그대로 잔잔하게 현상의 배후에 스며 있는 것을 추수하는 그릇의 면모, 그 낙락한 비움을 들이는 것이다. 노자가 말한 '없음'의 정황은 쉽게 단정할 수 없는 묘의妙意에 가닿는다. 사물의 기미機微를 읽어내 얼러내고 받아 담는 그 소박함은 비움과도 맥락을 도모한다. 욕망으로만 읽을 수 없는 것들이 있다. 화자의 맑고 쓸쓸한 눈길에 갈마들어 가만히 도드라질 때 그것은 드디어 밝혀진다. 내용물이면서 내용물을 담는 그릇의 두 상태는 별개의 것이 아닐 때가 있다. 비움이나 없음이 그릇의 여건을 만들듯, 담기는 것들을 위한 비움의 형식은 백자철화끈무늬병이 되기도 하고, 칸칸이 소리의 공명이 다른 하모니카가 되기도 하며, 적막과 소멸과 쓸쓸함의 가을의 여적과 흔적들을 담는 으늑한 감성이 되기도 한다.

2. 묵언과 활보

침묵과 수다가 때로 두동지지 않을 때가 있다. 등꽃이 활짝
핀 그 아래 몬존한 숨소리가 타래지듯 늘어진다. 어느 하나
의 눈길로만 볼 수 없으니, 여럿이 한데 있는 것들을 우리는
마음으로 여러 차례 받는다. 정서의 온축蘊蓄은, 경험적인 시
간으로도 쌓이지만 공간에 누벼진 다양한 사물과 존재들을
일별하면서도 곁들여진다.

지치지 않을 만큼 기다려서 해가 드는
아파트 한갓진 쉼터 오월이 졸고 있다
등나무 구부정한 그늘 모여 앉은 노인 너덧

청사초롱 주렴인지 흐드러진 꽃 타래가
주절주절 수다 떠는 주모처럼 능청맞다
혼곤히 갈증을 나누는 보랏빛 술기운에

손끝에 저린 것들 하나둘 떠나가고
잠금장치 안 풀리어 주저앉는 세상 문밖
덜커덕 열고 들어갈 비밀번호 몰라라

−「등꽃 주막」전문

오월의 등藤꽃은 "청사초롱 주렴"인 듯 흐드러졌는데, 그 등나무 그늘엔 등나무 등걸처럼 굽은 노인들이 머물러 있다. 오월의 한 귀퉁이를 보랏빛으로 물들이는 저 화사함엔 세상에 편입되지 못한, 아니 어느새 퇴출되듯 물러 나온 노년이 능놀고 있다. 만개한 보랏빛 꽃그늘 아래 만연한 소멸의 기운이 갈마들어 있다. 이곳은 어디인가 하면, "아파트 한갓진 쉼터"다. 어찌 된 노릇인지 이런 곳은 세상의 눈길이 쉬 가닿지 않는 으늑한 곳이다. 마냥 안온하지만은 않은 조금은 적적한 곳인데, 그렇기에 이곳은 세상을 살 만큼 살았음에도 그 삶의 세상으로부터 내던져져 그 "들어갈 비밀번호"를 모르는 유리되지 않은 적거지謫居地와 같다. 그런데 이 특별날 것도 없는 공간에는 인간의 분별심으로 다 소외시킬 수 없는 그 무엇이 담겨 있다. 그것은 다름 아닌 자연自然이다. 자본주의적 노동력에서나 가족공동체에서의 권위에서마저 힘이 없어진 노인들은 실체보다 그늘이 더 여실하다. 그런데 그런 노인들을 아주 친밀하게, 아니 친밀을 가장할 것도 없이 품어 들이는 공간은 등나무 그늘 쉼터다. 호사스러운 관광지나 부유한 정원도 아닌 곳, 거기에 꽃 타래를 이룬 등꽃 그늘과

96

대화의 기미가 없는 노인들이 서로 갈마든다. 이 수수롭고 가만한 적막의 기운 속에 보랏빛 등꽃과 노인들은 서로 버성기지 않고 어울린다. 이는 무심한 풍경의 일부 같지만 잘 들여다보면 우리의 일상에 내재한 자연과 인간의 현주소를 묵시적으로 보여준다. 왜냐면 이곳은 번다한 곳이 아니고 한갓지고 쓸쓸맞은 곳이기 때문이다. 비어 있는 공간, 즉 소외된 노년들이 외람되지 않게 담길 수 있는 자연의 공간으로서의 그릇이기 때문이다. 다시, 노자가 말한 그 '당기무當其無'의 처소處所로서 한유閑遊할 수 있기 때문이다. 즉 자본주의적 소외가 유보된 공간으로서의 선처善處라 할 만하다. 이것도 또한 그릇이 아닌가.

밤 깃든 지하보도 길 없는 길을 열지

그림자로 찾아드는 절망의 옷자락에

어둠이 맨발을 묻고 모로 눕는 묵언 선방禪房

운주사 천불천탑 구름의 처소였나

가다가 머문 거기 기울어진 별자리를

누워서 꾸는 꿈들이 날마다 일어서지
—「와불」전문

선처가 한갓진 말년의 소소한 자연의 풍경만을 열어주지
는 않는다. 시절의 격변과 소용돌이에 휘둘린 사람들에게는
설령 부처를 들인다 해도 그 심신은 외따롭다. 냉갈령 같은
어둠이 들어차는 "지하보도"에 몸을 눕히는 것만으로도 신산
고초辛酸苦楚의 만행卍行이 "깃든" 것이다. 와불臥佛은 그런
의미에서 반인반불半人半佛의 고통이다. 흔히 시정에서 "부처
님 가운데 토막"이라는 말과는 그 뉘앙스가 사뭇 다르다. 오
히려 인간으로도 부처로도 견디기 어려운 지경에 놓인 상황,
즉 난처難處가 생겨남을 보여준다. 신필영에게 있어 와불은
그런 의미에서 새로운 절망과 희망의 동거라는 불편한 시대
의 현실을 외면하지 않는 진지한 눈길이 있다. 그렇기에 그
는 비록 열악한 현실에 대한 선구적인 해결책을 도모하지는
못하지만 그런 시대의 그늘에 대한 심정적 비전vision을 버리
지 못한다. 즉 "기울어진 별자리"에 처했다 하더라도 그 난처
에 "누워서 꾸는 꿈들이 날마다 일어서지" 못할 바는 아니라

는 나름의 의지를 피력한다. 이 은근하면서도 견실한 피력의
속내에는 화자인 시인의 세상에 대한 긍정적 입장과 그 환난
의 감정을 견디는 의지가 배어 있다.

    사선으로 떨어지는 고층 빌딩 불빛 근처
    단벌 구두 뒤축만큼 닳아버린 이력 위로
    헛걸음 불러 앉히며 구인 광고 외면한다

    퇴근길 주연들을 바라보는 객석인가
    번개 치듯 지나가는 불청객 견비통에
    밤하늘 열쇠 구멍으로 초승달이 내려온다
    ―「끈이 풀린 나이」 부분

  무엇인가 자신을 흔들고 지나가는 것들, 이 혼곤한 세사世
事를 견디는 것은, 결국 아픔 속에 자신을 넓히는 것이다. 누
구나 아픔을 싫어하지만 그 아픔은 불수의근不隨意筋이다. 세
상에 처한 모든 숨탄것들은 이 고통의 굴레로부터 자유롭지
못하다. 자유롭다면 그것은 실성失性이거나 죽음의 그늘에
드리웠다 하겠다. 물론 큰 자각自覺에 이른 선지식이나 크게
열린 영혼이 없다 할 수는 없다. 그러나 장삼이사 우리네 세

속은 이 고통과 불편하게 어깨를 겯고 어둠을 걸어간다. 이 심정적 정황은 "단벌 구두 뒤축만큼 닳아버린 이력"의 신산 고초가 존재의 냅뜰성을 누그러뜨린다. 말없는 바라봄, 그 무언無言은 덧없음의 정서를 곁들이기도 한다. 그러나 이 기 죽음과 풀 죽음만이 우리네 삶의 전부는 아닐 것이다. "불청 객 견비통에 / 밤하늘 열쇠 구멍으로 초승달이 내려"오는 이 자연과의 조우遭遇는 육체의 아픔과 마음의 각성이 두동지지 않다는 화자의 각별한 인식이 순간적으로 전경화全景化된 장 면이다. 자신의 의지와 상관없는 "끈이 풀린" 존재는 소외의 그늘을 맛보지만 그것이 다른 한편으론 새로운 존재의 활보活步를 낳는다. 그것은 어쩌면 실존의 대가代價를 참신하게 응시하는 신필영의 담담하면서도 진지한 성찰에서 단련돼 나온다. 아프지 않다면 그 존재는 늘 풋것처럼 그 속맛을 모 르고 시들 것이다. 어찌 아니 그러한가.

3. 눈석임물과 마음의 귀

여기 남루와 소멸의 징후가 있다면 우리는 이걸 어찌하겠 는가. 자연은, 도시의 자연이든 시골의 자연이든 그 처지를

비관도 낙관도 하지 않는다. 화자는 그걸 응시하고 느낄 뿐
이다. 그러나 이걸 단순히 수동적인 방관이라고만 말할 수는
없다. 다시 얘기하면 우리가 처한 삶의 환경은 다시 해석되
고 다시 읽힌다. 그러나 그것을 받아들이는 방식에 따라 존
재의 활로活路는 또 달라진다.

> 폐광 언저리 같은 철거 예정 재개발 동네
> 늙은 작부 화장하듯 벚꽃 치레 어이없다
> 동냥젖 먹는 둥 마는 둥 울다 지친 그런 봄
>
> 호루라기 입에 문 듯 철없는 바람 분다
> 승패도 가리지 못한 판을 마저 엎어놓고
> 버려진 화투장마냥 난삽한 저 꽃잎 사태
>
> 오래고 빛바랬다고 다 귀한 건 아니라서
> 치우고 말 것도 없이 독거노인 물린 밥상
> 멀거니 쳐다만 보는, 담벼락에 매달린 봄
> ─「남루한 봄」 전문

이 연시조는 풍경을 바라보는 화자의 속내가 거량할 것도

없이 적확하게 드러난다. 화사한 봄꽃의 날림과 퇴락한 "재개발 동네"의 독거노인의 일상이 대조적으로 그려진 가운데 묘한 어울림이 있다. 화사함과 비루함이 한 몸으로 어울리는 이 신산스런 풍경 묘사는 마치 눈[雪]이 녹아 습습한 물로 몸을 바꾸듯 화자의 속내로 스며 남루를 턴다. "벚꽃 치레"와 "꽃잎 사태"는 매달린 허공의 꽃이 땅 위의 꽃으로 위상을 바꾸는 자연스런 정경이지만, 이 '치레'와 '사태'를 들여다보는 화자의 눈길 속엔 소멸에 가까운 삶의 옹두리를 바라보듯 변두리에서 삶의 한 전모全貌를 들추어내는 구경究境의 심성이 있다.

마포는 포구라서 물 문턱에 앉은 동네
신수新水, 구수舊水 그 곁으로 상수동이 흘러선지

간판을 갈매기살로
부리 맞댄 주막도 많고

상선上善은 약수若水란 말 잊고 산 지 오래지만
길은 또 길에 막혀 신호 읽기 어렵지만

세상에 다리를 놓는

월천공덕越川功德이렷다
—「마포」전문

   이 시를 보라. 구수한 풍정風情이 늡늡하지만 숱한 시간의
흐름과 공간의 변화가 어떻게 오늘에 이르렀는가를 담담히
조감하게 한다. 옛것과 작금의 것이 말없이 눈길을 나누는
"물 문턱에 앉은 동네"는 비단 마포라는 특정 지역만의 것은
아닐 수도 있다. 우리는 모두 물을 곁에 두고 살아가는 숨탄
것들이 아닌가. 그럼에도 "상선上善은 약수若水란 말 잊고
산" 세월이 부지기수라고 화자는 속악한 세상에 슬몃 회의감
을 드러내기도 한다. 앞서 노자 옹의 말씀을 들어 견준 바도
있거니와 무릇 가장 좋고 그윽한 것을 굳이 몰라서 우리네
삶이 아둔한 것만은 아닐 것이다. 알면서도 잘 행할 수 없음
이 장삼이사 우리네 도량임을 자복한다면 주변을 탓할 것은
그리 많아 보이지 않는다. 상선약수上善若水의 묘리妙理는 갈
매기살로 구워 먹어도 여전히 우리 곁에 지청구가 없는 도道
로 언제나 유장할 따름인지 모르겠다. 그렇기에 그 유장한
물의 흐름, 그리고 모든 존재의 소멸과 생성을 면면히 지키
는 것은 "세상에 다리를 놓는 / 월천공덕越川功德"만 한 것이
없다 일갈한다. 다리는 그런 의미에서 유무형有無形의 것들을

하나로 지키는 조망과 응시의 자리이자, 멈추어 선 그 자리에서도 존재와 사물은 끝없이 변화무상하다는 인식을 담는 사유思惟의 가교架橋인지 모르겠다.

여린 목 치켜들고
봄 행방 수소문하며

뉘 입김이 열었을까
저 환한 노루귀 꽃

눈 녹아 흐르는 물을
귀밝이로
마시노니

뜨내기 헛소문에
겉귀 많이 다쳤지만

촉수 내민 팔풍받이
바람 그물 걷어낸다

내 속귀 솜털을 세워

새겨듣는

그대 속말

―「노루귀」 전문

앞서의 마포나루의 물비늘 반짝이며 흘러가는 강물의 바
다를 마음으로 받자면, 물이란 새삼스럽게 우리를 깨우는 몸
과 마음의 활성活性임을 알겠다. 이 청아한 시편은 마치 봄의
자연이 가장 윗질의 솜씨를 부드럽게 부려 피워낸 물의 솜씨
인지도 모르겠다. 그렇지 않고서야 "저 환한 노루귀 꽃 // 눈
녹아 흐르는 물을 / 귀밝이로 / 마시"는 선경仙境에 이르러서
는 단순히 의인擬人의 처지가 된 노루귀의 문제만이 아닌 듯
싶다. 거창할 것도 없이 상선약수의 실물이 여기 환한 귀를
쫑긋 세우고 이른 봄을 능놀고 있는 미소의 천진난만은 겨울
이 비웠기에 봄이 받을 수 있는 연기緣起의 돌올함이기도 하
고, 두드려 깨우지 않아도 그대로 사랑이 되는 자연의 여줄
가리가 피었음을 보게 된다. 모두가 그렇다. 일시적인 감각
이든 생각의 돌올함이든 욕망의 부대낌이든 좀 더 물을 마시
면 좀 더 달리 깨어날 수도 있겠다. 그것은 바로 듣는 것, 심
연의 청각聽覺을 갖는 것일 것이다. 그런데 그런 청각을 갖기

위한 방편이 눈 녹은 물, 즉 눈석임물을 마시고 귀를 열겠다
는 몸짓이니 천진무구하다 할 수밖에 없다. 그럴 수만 있다
면 정말 그래야겠다. 물 한잔 마시는 일이 새삼 의미심장해
진다. 그리고 또 재밌어진다. 저기의 물이 내게로 오면 소소
한 깨달음의 진전일 수 있으니, 이 아름다운 위험의 맛을 무
엇이라 불러야 하겠는가. 그것은 신필영이 그간에 마음으로
쌓고 닦아온 서정의 깊이와 폭을 자신을 둘러싼 모든 사물과
현상에 비범하게 연계해온 애정의 온축과 그 연분이 확장되
고 깊어진 관계의 심연, 그 연기에서 시작되고 두드러져 왔
음을 시인은 보여준다.

바람에도
입덧하며
그윽하게 오른 살점

적멸보궁보다 넓은
집 한 채를 지어놓고

몸 던져
드시는 열반

가시 옷을 벗는다
　—「아람 벌다」전문

　여기, 살이 오르고 생각이 훤칠해진다. "몸 던져 / 드시는 열반"의 지경을 다 몰라도 좋다. 그러나 시인의 생각은 "가시 옷을 벗은" 한 밤톨의 행각이 예사롭지 않다. 이렇게 넓어졌으니, 우리도 조금씩 어리석게 깨우쳐 가면 된다. 복잡다단하고 때로 휑한 어둠과 눈부신 광명에 처한 적멸보궁의 이 궁지窮地에서 이유 없이 웃어볼 때가 있을 것이다. 지금 여기가 끊이지 않는 고통이라면 우리는 지금 천천히 가시 옷을 벗고 진정한 사랑의 아람을 벌고 있는지도 모른다. 그것은 예단이 아니라 믿음에 가깝다. 시인의 비유는 단순한 수사학이 아니라 실존의 대처처럼 여겨진다. 그 적실한 예지叡智는 이 시조의 덜고 뺄 것이 없는 정형 속에 더 오롯하게 빛난다.